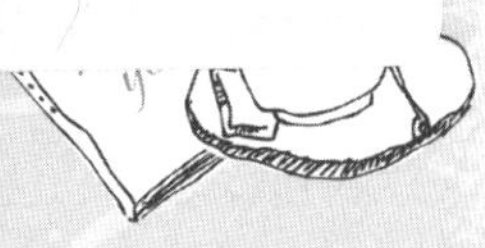

감사의 마음을 전할 수 있는
오늘 하루가 너무 행복합니다.

님께

함께 웃는
유머
콘서트

Contents

함께 웃는 유머 콘서트

우리 민족은 원래 해학이 넘치는 민족입니다. 근현대에 와서 우리 국민들이 잘 웃지 않는 이유는 조선시대 유교사상으로 인한 양반 문화의 영향으로 해석하는 사람도 있습니다. 반면, 서양의 경우에는 유머나 위트 문화가 잘 발달되어 왔고, 유명한 정치가들이 탁월한 유머를 발휘하여 성공한 사례가 많습니다. 특히, 미국의 링컨이나 레이건 대통령은 유머 감각이 뛰어난 리더의 예로 자주 소개되기도 합니다.

그러나 유머라는 것이 동 · 서양의 구분이 있는 것은 아닙니다. 다만 분위기와 정서의 차이가 있을 뿐, 웃음이라는 것은 인류가 태동하면서부터 인종에 관계없이 본연으로 지니고 있는 '최초의 커뮤니케이션 수단' 이라는 사실을 이해할 필요가 있습니다. 그런데, 복잡하고 변화무쌍한 21세기를 살아가는 현대인들은 웃을 수 있는 기회와 시간이 점점 줄어드는 현실에 둘러싸여 있습니다. 사람의 건강과 비즈니스에 매우 중요한 '웃음환경' 을 많이 만들어내는 일이 점점 더 필요해졌습니다.

웃음은 단순한 생리적 반응을 넘어 사회적 인간관계를 개선시켜 줍니다. 유머 감각이 높으면 그렇지 않은 사람보다 심장 질환에

걸릴 확률이 40% 정도 낮다는 연구 결과도 있습니다. 잘 웃는 기업의 생산성이 그렇지 않은 기업에 비해 훨씬 더 높게 나타나는 사례도 있습니다. 또한, 성공한 세일즈맨들을 보면 남들보다 더 잘 웃는 사람들입니다.

웃음은 억지로 웃어도 97% 정도의 효과가 있습니다. 어린 아이는 하루에 오백 번 정도 웃는 반면, 어른은 여덟 번밖에 웃지 않는답니다. 그 중에서도 네 번은 비웃음이라고 합니다. 웃으면 젊음을 유지시켜 주는 호르몬이 분비됩니다. 그래서 하루 종일 젊게 살려면 아침에 꼭 웃어야 합니다. '행복해서 웃는 것이 아니라 웃으니까 행복해진다' 라는 말이 있듯이, 우리의 행복지수는 바로 웃음에 노출되는 정도에 비례한다고 할 수 있습니다.

'일소일소(一笑一少) 일노일로(一怒一老)', '웃음이 보약' 이라는 말은 시대를 초월해 유효한 것 같습니다. 바쁘고 힘든 순간일수록 한 토막 유머의 가치와 필요는 그만큼 커집니다. 비록 간결한 내용으로 소개하고 있는 이 책의 짧은 유머들이 우리 주위에 웃음꽃을 피우게 하고 건강한 생활을 유지하며, 더 나아가 삶의 지혜를 가꾸는 데 작은 도움이 될 수 있기를 소망합니다.

01

웃는 사람은 강도가 쏘지 않는다?

미국의 교도소에 가면 슈퍼마켓을 털다가 잡힌 강도들이 전국적으로 10만명 정도가 수감되어 있다고 한다. 그런데 한 연구기관에서 이들 슈퍼마켓 강도들을 대상으로 설문조사를 했는데 흥미로운 부분이 많다.

먼저 "총과 칼을 무장하고 슈퍼마켓을 털 각오를 했지만 털 수 없었던 경우가 있었느냐?"는 질문에 약 95%의 강도가 종업원이 눈을 맞추며 인사할 때 도저히 양심상 총이나 칼을 꺼낼 수가 없었다고 한다. 한마디로 웃는 얼굴을 보고 강도짓을 할 의도가 사라진 것이다. 우리나라에도 '웃는 낯에 침 뱉으랴' 라는 속담이 있듯이 동서양을 불문하고 웃음은 인간 본연의 '선한 마음의 상호작용' 이라 할 수 있다.

더욱 관심을 끄는 부분은 다음 질문인데, "그럼 총과 칼로 종업원에게 상해를 입히거나 살인까지 저지른 경우는 언제인가?"라는 질문에 많은 강도들이 유사한 대답을 했다. 슈퍼마켓에 들어갔는데 아는 체도 하지 않고 웃지도 않았을 때는 바로 흉악범으로 변하게 되었다는 것이다.

한마디로, 자신을 아는 체 하지 않으면 무시하는 기분이 들어서 순식간에 상해나 살인까지 이어진다는 것이다. 그래서 손님에게 눈인사를 하며 웃는 것은 매출보다는 생존과 직결되는 중요한 수

단으로 인식되고 있다. 무시무시한 이야기지만 웃음이 얼마나 중요한지 설명해 주는 좋은 사례이다.

최근 기업들이 '웃음경영', 'Fun경영'을 표방하며 즐겁게 일하는 분위기를 만들고 직원들의 얼굴에 웃음을 무장시키는 이유는 바로 웃음이 사람의 마음을 부드럽게 하여 구매를 강력하게 유도하기 때문이다. 그래서 중국 속담에 '웃지 않는 자 장사하지 마라'라는 말이 있지 않은가!

몇 년 전 프린스턴 대학 판매연구소의 제이슨 박사가 연기자 150명을 동원하여 웃음과 세일즈의 관계에 대한 재미있는 실험을 했다. 50명은 시종일관 웃음을 띠고, 50명은 무표정한 상태로, 나머지 50명은 험상궂은 얼굴이나 신경질적인 얼굴로 판매를 했다. 놀랍게도 웃음팀은 목표량의 3~10배까지 팔았고, 무표정팀은 목표량의 10~30%를 팔았고, 인상을 쓴 팀은 전혀 팔지 못했다고 한다.

사람들은 기분 좋은 얼굴 표정에 돈을 지불한다는 것을 잊지 말자! 고객에게 웃음을 준다는 것은 매출을 올리는 수단이기도 하지만 고객에게 즐거움과 기쁨을 주고 함께 공유하는 도구인 것이다. 패션의 완성은 웃음이며 성공의 완성도 웃음이다. 당연히 판매의 시작과 끝도 웃음이어야 한다. 지금 웃자! 하하하

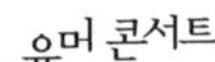

교장 선생님과 초보 여선생

어느날 한 여교사가 늦게까지 업무를 마치고
혼자서 학교를 빠져 나가고 있었다.
마침. 차를 타고 퇴근하던 교장 선생님이
여교사 앞에서 차를 세우고 물어보았다.
"이 선생님! 같은 방향이면 타시죠."
여교사는 처음엔 거절했지만 교장 선생님이 계속 채근하자
어쩔 수 없이 교장 선생님의 차를 타게 되었다.
이상하게도 말 한 마디 없이 차를 몰던 교장 선생님이
신호에 걸리자 말을 건네 왔다.
"마징가?"
당황한 여교사는 뭐라고 할 말이 없었다.
다시 계속해서 운전을 하고 가다 신호에 또 걸리자,
교장 선생님이 또 말을 건네 왔다.
"마징가?"
여교사는 이번에는 대답하지 않으면 안될 것 같고
교장 선생님에 대한 예의가 아닐 것 같아
조용한 목소리로 대답했다.
"제트(Z)"
그러자 교장 선생님이 한 마디 더 했다.
"그럼 막낸가?"
(교장 선생은 경상도 사람이었다)

쫄따구의 비애

어느날 동네 목욕탕에 갔다.
옷을 벗고 있는데 군인 둘이 들어왔다.
하나는 이등병이고 하나는 병장이었다.
병장은 덩치가 엄청 크고 쫄따구는 체격이 왜소했다.
둘은 샤워를 한 후 병장이 말했다.
"야! 등좀 밀어라! 끝나면 나도 밀어 줄게..."
쫄따구는 힘겨워 하면서 병장의 등을 정성스럽게 밀었다.
다 끝나자 병장이 쫄따구에게 돌아서라고 한 후
때수건을 등에 대고 말했다.
"좌우로 움직여!!"

자! 좌우로 흔든다. 실시!

친구의 답변

동아리에서 MT를 갔다.
우리 동아리는 퀴즈 게임 등을 하는
정말 건전한 동아리로 소문나 있었다.

게임 중에 난센스 퀴즈가 있었는데 두 팀으로 갈라서
정답을 맞히지 못하면 그 팀 전원이 바가지로 물벼락을
맞는 시원한 게임이었다. 이미 우리 팀은 돌아이들만
모인 터라 다 젖어 있었고 거의 포기 상태였다.
문제가 새로 나왔다.
"먹기 전엔 하나인데 먹은 뒤엔 두 개가 되는 것은 무엇일까요?"
정답은 '나무젓가락'이었다.
그런데 우리 팀의 한 친구가 손을 들면서 외쳤다.
"쌍피!"

05 조폭과 영어

어느 조폭이 거만한 모습으로
버스정거장에서 담배를 피우고 있었다.
그때 조폭에게 어느 외국인이 다가와서 물었다.
"Where is the post office?"(우체국이 어디죠?)
순간적으로 당황한 조폭이 한마디를 툭 내뱉고는 자리를 옮겼다.
그런데 외국인이 자꾸만 조폭을 따라왔다.
조폭이 뛰었다.
외국인도 따라서 뛰었다.
조폭이 버스를 탔다.
외국인도 따라서 버스를 탔다.
왜냐하면 조폭이 내뱉은 한마디가 이랬기 때문이다.
"I see, follow me!"(아이 씨팔로미!)

어느 노처녀의 맞선

어떤 노처녀가 주변의 간곡한 부탁에 못 이겨 맞선을 보게 되었다.
온갖 멋을 부려 약속 장소에 나갔는데, 맞선을 보기로 한 남자는
2시간이 지나서야 어슬렁 어슬렁 나타났다.
평소 한 성깔 하던 그녀는 열이 받아서 가만히 앉아 있다가
드디어 남자에게 한 마디 했다.
"개 새 끼..... 키워 보셨어요?"
그녀는 속으로 쾌재를 불렀다.
그런데 맞선남은 입가에 뜻 모를 미소를 지으며 말했다.
"십 팔 년..... 동안 키웠죠"
헉~ 강적이다! 그녀는 속으로 고민 고민 하다가,
새끼 손가락을 쭈~욱 펴서 남자 얼굴에 대고 말했다.
"이 새 끼..... 손가락이 제일 이쁘지 않아요?"
하지만 절대 지지 않는 맞선남,
이번에도 어김없이 말을 되받아치면서 한 마디 하고 가 버렸다.
"이 년 이..... 있으면, 다음에 또 만나죠!

07

아가씨와 농부

어떤 젊고 예쁜 아가씨가 산길을 넘어 계곡을 지나고 있었다.
작은 저수지가 나타나 아가씨는 문득 수영이 하고 싶어졌다.
주위를 둘러보고 아무도 없음을 확인한 그녀는
옷을 하나씩 벗기 시작했다.
마지막 옷까지 다 벗고 저수지에 막 들어가려는 순간,
수풀 속에 숨어서 이를 지켜보던 농부가 불쑥 튀어나왔다.
"아가씨 여긴 수영이 금지돼 있슈!"
그녀는 화들짝 놀라 옷으로 몸을 가리며 말했다.
"아저씨! 그럼 옷 벗기 전에 미리 말해 주셔야죠!"
그러자 농부가 말했다.
"옷 벗는 건 괜찮아유~"

08

여자 속옷 고르기

속옷가게 여종업원은 어느날 점심을 먹고 있는데
어느 30대 중반의 젊은 남자가 물건을 사러 왔다.
그 젊은 남자는 여자 팬티와 브라를 이것저것 살펴보았다.
종목 선정을 브라로 정한 것 같았다.
여종업원은 브래지어에 대하여
장점을 얘기하며 상품 선택에 도움을 주기 위해
친절하게 설명해 주었다.
"이 브라는 재봉선이 없어 착용감이 끝내주고요",
"저기 저거는 밑에서는 받쳐주고 옆에서는 모아 주어
가슴을 아주 예쁘게 만들어 주고요",
"그 밑에 것은 스킨브라로 에로틱한 분위기를 연출해 주고요."
그런데 그 남자 얼굴 하나 빨개지지 않고 한마디 했다.
"이것 저것 다 필요 없고, 벗기기 쉬운 걸로 하나 골라 주세요!"

09

술취한 남편

곤드레만드레가 돼 돌아온 남편이
자다가 일어나기에 화장실에 간 줄 알았다.
하도 안 들어오기에 나가 봤더니
마루에서 마당에다 대고 소변을 보는 게 아닌가!
30분이 됐는데도 계속 그냥 서 있기에 마누라가 소리를 질러댔다.
부인 : 아니 뭐하고 서 있는 거예요?
남편 : 술을 많이 먹었더니 소변이 끊기지를 않아!
부인 : 그건 빗물 내려가는 소리에요...

10

어느 운전자의 이야기

내 친구가 있다.
면허를 따고 싶어 했다.
평소에 법을 어기는 일이 없는 정직한 친구다.
면허를 땄다.
이 친구는 면허를 따고 신호도 잘 지키고
횡단보도 앞에서는 일시정지 후 주위를 살피고 지나가고
절대로 과속하지도 않고 교통법규를 잘 지키는 모범운전자다.
어느날 친구와 부산을 놀러 가게 되었다.
고속도로를 타는데 그 모범 방어운전을 하는 친구가
너무 정규속도를 지키다 보니 답답해 보였다.
"이래서 언제 부산까지 가냐고... 답답하다고..."
내가 막 뭐라 했다.
내 차를 몰고가는 건데...라며 후회했다. 답답했다.
그러다가 갑자기 가는 중에
고급스럽게 튜닝한 차가 옆으로 생~하며 지나가는 것이었다.
헉...
이놈이 갑자기 그 차를 막 쫓아가는 것이었다.
흐미....
이놈이 이럴 친구가 아닌데
엄청 밟으며 쫓아가는데 너무 겁났다.
차라리 답답해도 좋으니 아까처럼 가자고 했다.

그 고급 튜닝을 한 차를 막 쫓아가는 친구의 운전이
너무 아이러니했다. 난 겁났다
"야! 너 도대체 왜 이래?" 하며 물었다.
나도 모르게 욕까지 나왔다.
그런데 친구가 하는 말,
"앞차와의 거리 100m 유지"

11

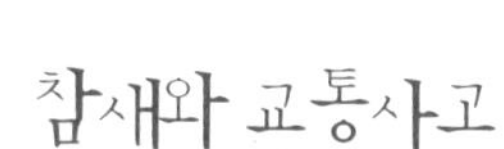

해질 녘, 참새 한 마리가 급히 애인을 찾아가다가
달려오던 오토바이에 부딪혀 기절을 하고 말았다.
때 마침 지나가던 행인이 기절한 참새를 집으로 들고 와
대충 치료를 하고 모이와 함께 새장 안에 넣어 두었다.
한참 뒤에 정신이 든 참새,
"아흐! 이런 젠장!"
내가 철창 안에 갇힌 걸 보니
내가 오토바이 운전자를 치어서 죽인 모양이군...

초보운전 내 친구

'지금 이 차에는 아기가 타고 있어요'
아마도 아기용품 업체에서 제작한 스티커인 것 같다.
참 기발한 아이디어라고 생각했다.
내 친구는 그것이 '초보운전' 스티커보다 훨씬 좋다고 생각했는지
자신도 그렇게 써 붙이고 다녀야겠다고 말했다.
"결혼도 안한 네가 어찌 그런 문구를 쓸 수 있냐?" 고 내가 말했다.
내 말에 그 친구는 잠시 생각에 잠겼다.
며칠 뒤 그 친구의 차를 얻어 탈 일이 생겼다.
운전은 아직도 서툴러 불안하기만 했다.
하지만 이상한 것은 도로를 달리는 운전자들이
천천히 간다고 경적을 울리지도 않고
힐끔거리며 내가 탄 차를 들여다보는 것이었다.
목적지에 도착해서 혹시나 하고 자동차의 뒷유리창을 보고
나는 놀라 쓰러질 뻔했다.
'지금 이 차에는 아기를 만들고 있어요'

13

나는야 국민차

공설 운동장에 행사가 있어 많은 사람들이 모여들었다.
경찰이 배치돼 차량을 통제했다.
주차공간이 부족하니 대중교통을 이용하거나
걸어서 들어가라는 것이었다.
시민들이 땀을 흘리며 걸어 들어가고 있을 때 검은 세단이
유유히 운동장을 달려갔다. 사람들이 항의했다.
"저 차는 뭐요?" 그러자 경찰은,
"네~ 저 차는 장관님 차입니다."라고 대답했다.
몇 대의 세단이 운동장을 가로질러 들어갔다.
그때마다 경찰이 변명했다.
"도지사님 차입니다." "국회의원님 차입니다."
그때 갑자기 티코 한 대가 운동장을 향해
무작정 돌진해 들어갔다.
당황한 경찰들이 티코를 가로막고 으르렁거렸다.
"당신 뭐야? 죽고 싶어?"
그러자 운전석 창문이 열리고
티코맨이 큰소리로 아주 당당하게 외쳤다.
"이 차는 국민차다!" 왜 떫어?"

나이 들어서 성공하는 사람들의 7가지 습관(Seven Up)

첫째
Clean Up

나이 들수록 신체와 환경을 모두 깨끗이 해야 한다.
주변을 정리 정돈하고, 필요 없는 물건을 과감히 덜어 낸다.
귀중품이나 패물은 유산으로 남기기보다는 살아 생전에
선물로 주는 것이 효과적이고 받는 이의 고마움도 배가된다.

둘째
Dress Up

항상 용모를 단정히 해 구질구질하다는 소리를 듣지 않도록 해야 한다.
젊은 시절에는 아무 옷을 입어도 괜찮지만 나이가 들면
비싼 옷을 입어도 좀처럼 태가 나지 않는 법이다.

셋째
Shut Up

말하기보다는 듣기를 많이 하라는 주문이다.
노인의 장광설과 훈수는 모임의 분위기를 망치고 사람들을 지치게 만든다.
말 대신 박수를 많이 쳐 주는 것이 호감을 받는 비결이다.

넷째
Show Up

회의나 모임에 부지런히 참석하라.
집에서 칩거하며 대외 활동을 기피하면 정신과 육체가 모두 병든다.
동창회나 향우회, 옛 직장 동료 모임 등 익숙한 모임보다는
새로운 사람들과 만나는 이색 모임이 더 좋다.

다섯째
Cheer Up

언제나 밝고 유쾌한 분위기를 유지하는 것이 좋다.
지혜롭고 활달한 사람은 주변을 활기차게 만든다.
짧으면서도 곰삭은 지혜의 말에다 독창적인
유머 한 가지를 곁들일 수 있으면 더 바랄 것이 없다.

여섯째
Pay Up

돈이든 일이든 자기 몫을 다 해야 한다.
지갑은 열수록, 입은 닫을수록 대접을 받는다.
우선 자신이 즐겁고,
가족과 아랫사람들로부터는 존경과 환영을 받게 될 것이다.

일곱째
Give Up

포기할 것은 과감하게 포기하라.
가장 중요하다. 이제껏 내 뜻대로 되지 않은 세상만사와
부부 자식 문제가 어느 날 갑자기 기적처럼 변모할 리가 없지 않은가.
되지도 않을 일로 속을 끓이느니 차라리 포기하는 것이
심신과 여생을 편안하게 한다.

14

가장 확실한 예언

많은 사람들이 전쟁이 언제 끝날지 몰라
매우 불안해하고 있었다.
그런데 한 정치가가 전쟁이 두 달 안으로 종결될 것이라고
큰소리를 치고 다니는 것이었다.
기자가 그를 찾아 인터뷰를 했다.
기자 : 군사전문가들이나, 심지어 점쟁이들까지도 예측하지 못하고 있는데, 어떻게 그런 확신을 하실 수 있는 거죠?
정치가 : 이번 전쟁에, 우리 둘째 아들놈이 참가했기 때문입니다.
기자 : 네?
정치가 : 그 녀석은 직장이든 뭐든 두 달 이상 넘기는 꼴을 내가 못 봤거든요!

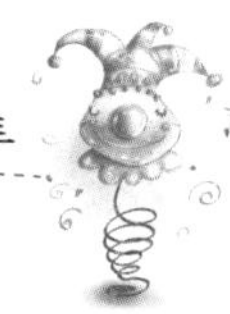

15 유머 퀴즈(오리와 마누라)

✔ 돈 버는 능력은 없지만 집에 들어 앉아 살림은 잘하는 전업주부는?
(집오리)

✔ 전문직에 종사하며 안정적 수입이 있는 아내는?
(청둥오리)

✔ 부동산, 주식투자 등으로 남편보다 돈을 더 벌어오는 아내는?
(황금오리)

✔ 남편이 벌어다주는 돈 다 쓰고도 모자라 돈 더 벌어오라고 호통만 치는 아내는?
(탐관오리)

✔ 모든 재산을 사이비 종교에 헌납한 아내는?
(수께 가오리)

✔ 돈 많이 드는 병에 걸리고도 명까지 긴 아내는?
(어찌 하오리)

✔ 돈 많이 벌어 놓고 일찍 죽은 아내는?
(앗싸 가오리)

16

목욕탕에서 일어났던 실제 사건

– 이 글은 MBC 라디오 '지금은 라디오시대' 에서 방송되었던
〈웃음이 묻어나는 편지〉에서 인용한 내용입니다.

안녕하십니까? 이종환 형님! 그리고 최유라씨!
IMF 한파에 밀리고 밀려 집과 가족을 멀리하고
타향살이의 외롭고 쓸쓸함을
'지금은 라디오시대' 를 들으며 달래고 있는
전국 덤프협회 가족의 한사람입니다.
28년 전 저는 광산촌에서 자랐는데
당시 마을에는 광부의 가족들이
무료로 사용하던 목욕탕이 있었습니다.
그때 우리는 설을 며칠 남기고 동네 목욕탕에 가게 되었죠.
기억은 희미하지만... 그때 아마 남탕과 여탕을 갈라놓은
벽 사이의 수도 파이프가 낡아 벽을 허물고
수리를 하던 중이었던 것 같습니다.
그러나 설을 며칠 앞둔 광부 가족들의
성화에 못 이겨 공사 도중 임시방편으로
가로 세로 3m정도의 나무판자에 못을 박아
남탕과 여탕의 경계선인 벽을 만들어 놓고
임시로 목욕탕을 열고 목욕을 하게 되었습니다.
설을 며칠 앞둔 터라 목욕탕은 다른 때보다 만원이었죠.
나무판자로 만든 벽...

우리는 원치 않아도 여탕쪽의 소리를
고스란히 들을 수밖에 없는 상황이었습니다.
이성에 호기심이 왕성했던 사춘기...
여탕 속의 풍경이 궁금하기 그지없었으나
꾹 참고 있는데 남달리 호기심이 많았던
제 친구 S는 목욕을 하다 말고 판자로 만든 벽을
이리저리 뚫어져라 쳐다보더니 맨꼭대기 부분에
500원짜리 동전만한 구멍을 발견하곤
회심의 미소를 지으며 사람들의 눈치를 살피는가 싶더니
느닷없이 판자에 매달려 기어오르는 게 아니겠습니까?
겨우 기어올라 구멍 속으로 얼굴을 바싹 디밀고,
뭔가 보았는가 싶었는데... 우얄꼬...
'우지끈' 하는 소리와 함께 판자가 여탕쪽으로 기울었고
S는 여탕의 한 복판에 나뒹굴게 되었습니다.
그때 막 탕 속으로 들어가려던 한 아주머니가
여탕쪽으로 넘어지던 판자벽에 머리를 부딪쳐
그만 큰 대자로 기절하고 말았죠.
여탕에서는 "엄마~~, 꺄아악~~"
남탕에서는 "어, 어, 어~~"
삽시간에 사람들의 비명소리와 함께
목욕탕은 아수라장으로 변했습니다.

아.. 종환 선생님! 최유라님!
내 생전에 그렇게 많은 나신들을 보게 될 줄은
정말 꿈에도 생각을 못했습니다.
거, 확실히 다르대요. 남탕과 여탕의 상황이...
먼저 여탕쪽의 상황을 말씀 드리자면,
출구쪽으로 서로 나가려고 아우성이었고
미쳐 못 나간 사람들은 이 구석 저 구석으로
비명을 지르며 가슴쪽은 벽쪽으로,
엉덩이쪽은 모두 남탕쪽으로 향하고 있더군요.
연속, "꺄~약!" "엄마야~!" "어머, 어머~"를 연발하면서도
힐끗힐끗 고개를 돌려 남탕쪽을 보는 건 뭡니까?
전 그 속에서 아랫마을 순이가 끼여 있는 것을 목격했고
당혹스럽게도 정면으로 눈이 딱~ 마주쳤습니다.
그리고 남탕쪽의 상황은 몇 명 안 되는 이들만 출구로 나갔고
그 나머지는 모두 엉거주춤한 자세로
여탕쪽을 훔쳐보느라 바쁜 것 같았습니다.
물론 저 역시 이런 기회가 다시 있으랴 싶어 열심히 기웃거렸죠.
그런데 문제는 아무것도 가리지 못하고
큰 대자로 기절 한 채 누워있는 아주머니였습니다.
에덴동산에서 살던 아담과 이브도 아닌데
누가 홀라당 벗은 채

그것도 남녀 혼탕이 된 상황에서 선뜻 나서겠습니까?
그리고 사건의 주범인 문제의 S는 여탕쪽으로 나뒹굴어져 있다가
허겁지겁 남탕으로 넘어오더니 어쩔 줄 몰라 하며
쓰러진 아주머니의 상태를 살폈습니다.
한참을 쳐다보더니 갑자기 눈빛이 얄궂게 변했습니다.
그 아주머니를 다시 한번 유심히 바라보던
그 친구 입에서 나온 소리가 뭔지 압니까?
내참 기가 막혀서...
"엄마!"... "오, 하나님! Oh! My God!"
그 아주머님은 분명 그 친구의 엄마였습니다.
다만, 그 친구나 저나 벌거벗은 모습을
처음 보았기에 금방 알아볼 수 없었던 겁니다.
자기 어머님을 병원으로 모신 그 친구는
지은 죄가 막중하여 동네에 들어오지도 못하고
마을 어귀를 빙빙 돌다가
자정 무렵이 되서야 집에 들어갔습니다.
그러나 방문을 열고 들어서자마자 기다리고 있던 아버지가 던진
재떨이에 맞아 그 자리서 찍 소리 한번 못해보고 기절했다는 거
아닙니까.
당시 그 친구 아버지는 성격이 불같아서
어린 시절 그 친구네 집에 한 번도 놀러가 보지 못했습니다.

다행히 재떨이 한방에 KO 되어 정신을 잃었기에 망정이지
그렇지 않았으면 그날 밤 그 친구는 살아남지 못했을 겁니다.
어머니는 머리에 아홉 바늘, 그 친구는 네 바늘을 꿰매는 것으로
사건은 일단락 지어졌습니다.
그러나 며칠이 지나 구정이 되었는데도
그 친구 어머님의 모든 것을 보았다는
죄책감 때문에 세배도 못 갔고
그 친구 어머님은 나신을 공개한 탓으로
몇 달 동안이나 바깥 출입을 삼가셨습니다.
거기다 그 친구는 길에서 만나는 어른들마다
손가락질을 받아야만 했죠.
“저 놈이 그 놈이여!”
그리고 참, 아랫마을 순이 말인데요…
그 사건 때문에 제가 반 강제로 책임을 졌다는 거 아닙니까.
이유인즉…
“목욕탕에서 나 다 봤지?”
“인제 나는 오빠가 책임져야 돼!”
“아녀~, 나는 니 뒷면 밖에 못 봤어”
“내가 오빠를 다 봤단 말야~”
“그러니까 책임져!”
그래서 순이가 나를 다 봤다는 이유로

저는 순이를 책임져 딸 둘 낳고 잘 살고 있답니다.
그렇습니다.
우리의 모든 만남이 소중하고 값진 인연이 있음을 기억하십시오.
누군가 말했듯이 잠자리 날개짓으로 바위를 스쳐
그 바위가 하얀 눈송이처럼 가루가 될 즈음에
한번 만날까 말까 한 귀한 인연임을...
그대 삶에 행복한 날들만 있기를...

가짜 웃음을 구분해 내는 법

첫째, 마음으로부터 우러나는 웃음은 눈의 근육을 움직이게 하므로 눈가에 주름이 생기기 마련이다. 만약 거짓 웃음을 짓고 있다면 근육이 움직인다 할지라도 좀 굳고 경직된 느낌이 남아있게 되고 주름도 빨리 사라진다.
둘째, 오랫동안 거짓 웃음을 웃으면 웃음을 멈춰야 하는 타이밍을 포착하지 못한다.
셋째, 거짓 웃음은 얼굴 근육들이 서로 대칭되지 않는다.
넷째, 의식적으로 웃기 때문에 거짓 웃음의 시작과 끝은 모두 갑작스럽다.

지하철에서

어느 40대 아저씨가 지하철을 탔는데…
지하철이 3분이 지나도 5분이 지나도 문을 닫지 않는 거예요.
이상하게 생각한 이 아저씨가 밖에 무슨 일이 있나 싶어서
문 밖으로 목을 내밀어 보려는 그 순간,
그만 지하철 문이 닫혀서 아저씨 목이 끼었어요.
근데 이 아저씨는 목이 낀 채로 계속 웃는 거예요.
그것두 아주 신나게요.
옆에 있던 꼬마가 이상해서 아저씨에게 물었죠.
"아저씨 안 아프세요? 왜 웃어요?"
아저씨 왈,
"나 말고 한 놈 더 끼어 있어!"

18

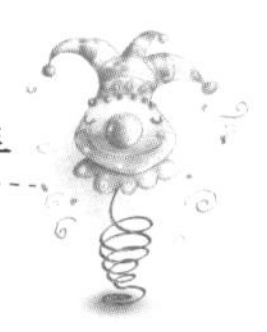

재미있는 반전의 말

- 보낼수없어 .... 그럼 주먹낼까?
- 너 학교에서 못생겼다고 소문났어... 난 망치생겼다구 소문났구...
- 실은 정말 사랑했어 .... 바늘을
- 너만을..................................... 나양파...
- 사실 나..사랑했어..너 .... 구리라면을...
- 넌 죽을 준비해! .... 난 밥을 준비할테니...
- 너무해!..................................... 나 배추할께...
- 넌 이쁜천사.............................. 난 재봉틀살께...
- 넌 더이상 날생각하지마 .... 날개도 없는 주제에~
- 네가 정말 원한다면 .... 난 네모할께...
- 원래는 너 많이 좋아해 .... 구준엽도 너 좋아한대?
- 나 묻고 싶은게 있는데 .... 삽좀줘!
- 너는 나의 전부 .... 치는 실력 알지?
- 너 보구시퍼.............................. 렇게 질렸어...
- 넌 왜 사니? .... 난 삼인데...
- 너밖에 없어.............................. 난 안에 있는데...
- 나의사랑 .... 놀테니까 넌 간호사랑 놀아!
- 나 이제 말안할래 .... 소할래^^
- 이별은 무엇일까? .... 이별은 지구야...
- 너 돼질 준비해!!........................ 난 상추 준비할께^^
- 절 사랑하세요? .... 전 교회를 사랑합니다.

교통사고 났을 때 가장 먼저 오는 사람

일본에서 교통사고가 나면
제일 빨리 오는 사람은 보험회사 직원이 달려와서
보험 약관과 보험금 지불 내용을 알려준다.

미국에서 교통사고가 나면
제일 먼저 교통경찰이 달려와 사고 경위와
처리 결과를 알려준다.

한국에서 교통사고가 나면
온 동네를 떠들면서 레커차가 달려온다.
그것도 중앙선 갓길 무시하고 오고 또 온다.
신속하게 그리고 사람은 내동댕이치고
어느새 차만 끌고 번개같이 사라진다.

교통 체증이 심할 때 가장 먼저 오는 사람

일본에서 교통 체증이 심할 때
제일 먼저 달려오는 사람은 신호기 기술자다.
그리고 유효적절하게 신호체계를 작동한다.

미국에서 교통 체증이 심해지면
제일 먼저 달려오는 사람은 교통경찰로
신호기를 무시하고 수신호로 교통을 통제한다.

우리나라에서 교통 체증이 심할 때
제일 먼저 달려오는 사람은
호두과자... 뻥튀기... 옥수수...

추격전

한 남자가 고속도로에서 뒤에서 오는 경찰차를 보자마자
엄청나게 빠른 속도로 달리기 시작했다.
자그마치 150킬로를 넘나드는 속도였고,
경찰백차가 바로 사이렌을 울리며 뒤를 좇았다.
하지만 남자는 차를 정지시키려 하지 않았고,
수십분 동안 숨막히는 추격전이 벌어졌다.
쫓고 쫓기는 추격전 끝에 결국 남자는 차를 멈췄고,
경찰이 다가와서 물었다.
"이봐요. 도대체 그렇게 과속을 하면서 도망친 이유가 뭡니까?"
그러자 남자가 긴 한숨을 내쉬며 대답했다.
"내 마누라랑 경찰이 눈이 맞아서 이렇게 생긴 백차를 타고 도망쳤답니다."
"뭐라구요? 웬 엉뚱한 대답입니까?"
그러자 남자가 대답했다.
"죄송합니다. 전 그 경찰관이 제 마누라를 돌려주려고 따라오는 줄 알고 그만..."

작전상 후퇴

20대 중반의 트럭 기사가 구멍가게에 들어가 빵과 우유를 먹고 있었다.
그런데 폭주족 다섯 명이 가게로 불쑥 들어오더니,
트럭 기사가 마시던 우유와 빵을 무자비하게 집어 먹는 것이었다.
그러자 잔뜩 겁을 먹은 트럭 기사는 얼굴이 벌게져 밖으로 나갔다.
"시원찮은 녀석, 겁먹긴. 으하하하!!"
그러자 가게 주인이 고개를 끄덕이며 말했다.
"그 사람 그것만 시원찮은 게 아녀!"
"네?"
"운전 솜씨도 시원찮아! 자네들 오토바이 다섯 대 모조리 트럭으로 깔아뭉개고 갔어!"

23

건배사 / 남존여비(男尊女卑)

어느 술좌석에서 상사가 건배를 제의하며
"남존여비!" 라고 하자, 여자들 자리에서 야유가 터져 나왔다.
그런데 그 상사가 말하길,
"남존여비란... 남자가 존재하는 이유는 여자의 비위를 맞추기 위해서다."
라고 하니 박수가 터져 나왔다.
그러자, 다른 사람이
"저도 남존여비입니다."
"그건 뭔데?"
"예, 남자의 존재 이유는... 여자를 밤새도록 비명 지르게 만드는 겁니다."
"그거 말 되네"
또 다른 사람이 말했다.
"남존여비란... 남자의 존재 이유는 여자의 비밀을 지켜주기 위해서입니다."
라고 하여 여자들의 우뢰같은 갈채를 받았다.

요즘은 세상이 바뀌어서
남자가 대우받는 '남존여비' 시대가 아니라
"남자 구실 제대로 하려면 여자 앞에서 비실비실(女前男卑) 해야 한답니다"

우리가 고전이라고 배워 왔던 四字成語도
세월 따라 의미 또한 달라지고 있으니
가로되,
남존여비(男尊女卑) : 남자의 존재 이유는 여자의 비용을 대는 데 있고
여필종부(女必從夫) : 여자는 필히 종부세를 내는 남자를 만나야 하느니라...

자~건배
남자의 존재 이유는
여자의 비위를 맞추기위하여

강도를 만난 국회의원

국회의원이 골목길을 가다가 강도를 만났다.

강도 : 가진 돈 다 내놔!

의원 : 너 내가 누군지나 알아?

강도 : ... 몰라 짜샤!!

의원 : 국회의원이야!

강도 : 그래? 그럼 내 돈 내놔~! 이 도둑놈아~~!!!

마누라에게 보여주고 싶은 것

더럽고 꾀죄죄한 노숙자가 한 남자에게 다가가
"저녁 사먹게 만원만 달라"고 구걸했다.
남자는 주머니에서 만원을 꺼내들고 물었다.
"내가 이 돈을 주면 얼른 가서 술을 사먹을 거요?"
"아뇨, 술은 오래 전에 끊었지요." 부랑자가 대답했다.
"그럼, 이 돈으로 도박을 할 거요?" 남자가 물었다.
"난 도박 안 해요. 먹고 살기도 힘든 판국인데, 어찌 감히..."
"그럼 이 돈으로 골프를 치겠소?"
"웬 개가 풀 뜯어먹는 소리요? 골프 쳐본 지 10년이나 됐수다"
그러자, 남자가 말하길
"됐소! 그럼 우리 집에 가서 근사한 저녁이나 먹읍시다!"
노숙자가 깜짝 놀라 물었다.
"부인이 그런 행동에 엄청 화를 내지 않을까요?"
그러자 남자가 대답했다.
"문제 없소! 난 마누라에게 남자가 술과 도박, 골프를 끊으면 어떤 꼴이 되는지 똑똑히 보여주고 싶소...!"

26

잔머리

산속에서 도를 닦는 스승과 세 명의 제자들이 있었다.
어느 날 스승이 제자들에게 물었다.
첫번째 제자에게 들쥐를 건네주면서 말했다.
스승 : 무슨 냄새가 나느냐?
제자1 : 썩은 냄새가 납니다.
스승 : 이놈아! 그것은 네 맘이 썩어서 그런거다.
두번째 제자에게 김을 주면서 물었다.
스승 : 이 김은 무슨 색이냐?
제자2: 검은 색입니다.
스승 : 이놈아! 네 마음이 검구나!
스승은 세번째 제자에게 간장을 주면서 물었다.
스승 : 무슨 맛이 나느냐?
제자3 : (잔머리를 굴리며) 단맛이 납니다.
스승 : 그럼, 원샷!

부부를 위한 명언

♣ 가장 과묵한 남편은 가장 사나운 아내를 만든다.
남편이 너무 조용하면 아내는 사나워진다. – 디즈레일리 –

♣ 가정에서 아내에게 기를 펴지 못하고 지내는 남편은
밖에서도 굽실거리며 쩔쩔매게 된다. – 워싱턴 어빙 –

♣ 남자가 가지고 있는 최고의 재산이자 최악의 재산은 바로 그의 아내이다.
– 토마스 풀러 –

♣ 남편들이 보통 친구들에게 베푸는 것과 똑같은 정도의 예의만을 부인에게 베푼다면
결혼생활의 파탄은 훨씬 줄어들 것이다. – 화브스타인 –

♣ 남편이라는 것은 아내에게서 보면 하늘처럼 우러러 바라보며 평생을 살 사람이다.
그러기 때문에 남편은 존경받을 만한 존재라야 한다. – 맹자 –

♣ 내가 존재하는 목적은 단 한 사람에게 필요한 사람이 되기 위해서이다.
– 비 파트낭 –

♣ 모든 병중에서 마음의 병만큼 괴로운 것은 없다.
모든 악 중에서, 악처만큼 나쁜 것은 없다. – 탈무드 –

♣ 미인은 눈을 즐겁게 하고, 어진 아내는 마음을 즐겁게 한다.
– 나폴레옹 –

♣ 부부가 마음을 합하여 집을 갖는 것만큼 훌륭한 일은 없다.
– 호메로스 –

♣ 부부간의 대화는 외과 수술과 같이 신중하지 않으면 안 된다.
어떤 부부는 정직이 너무 지나쳐 건강한 애정까지 수술을 하여
그로 인하여 죽어버리는 수가 있다. – A. 모로아 –

27

골프 유머

[골프 四字成語]
폼도 좋고 스코어도 좋으면 '금상첨화'
폼은 좋은데 스코어가 나쁘면 '유명무실'
폼은 나빠도 스코어가 좋으면 '천만다행'
폼도 나쁘고 스코어도 나쁘면 '설상가상'

[못 말리는 골프광]
골프광인 치과의사가 어느날 오후
진료를 팽개친 채 골프백을 메고 병원을 나가려는데
간호사가 "오후에 환자가 오기로 돼 있다"고 알려주자
의사가 말했다.
"오늘 오후에는 구멍을 18개나 때워야 하기 때문에
바빠서 안 된다고 해요."

[폼이 아니라 사람이...]
남편들이 앞 조에서 티샷 하는 것을
뒤에서 지켜보던 한 부인이
다른 부인에게 물었다.
"남편이 폼을 새로 바꾼 것 같네요."
"아니에요. 남편을 새로 바꾸었어요."

[왜 그럴까]
골프는 하면 할수록 더욱 이해하기 어렵다.
같은 돈을 내고 그 재미있는 것을
한번이라도 덜 치려고 그렇게들 애를 쓰는지
정말 모를 일이다.

[대단한 실력]
어느 골퍼가 티샷 한 볼이 숲 속으로 들어가고
3번 우드로 세컨샷 한 볼이 나무에 맞고 튕겨 나오면서
머리를 맞아 죽었다.
저승에 기자 문지기가 물었나.
"당신 골프 얼마나 잘 쳐?"
골퍼가 자랑스럽게 대답했다.
"2타 만에 여기까지 올 만한 실력입니다."

28

은퇴 후

반평생을 다니던 직장에서 퇴직한 뒤
그동안 소홀했던 자기충전을 위해
대학원에 다니기 시작했다.

처음에 나간 곳은 세계적인 명문인 하바드대학원
이름은 그럴듯하지만 국내에 있는 하바드대학원은
'하는 일도 없이 바쁘게 드나드는 곳' 이다.

하바드대학원을 수료하고는 동경대학원을 다녔다.
'동네 경로당' 이라는 것이다.

동경대학원을 마치고 나니 방콕대학원이 기다리고 있었다.
'방에 콕' 들어 박혀 있는 것이다.

하바드→동경→방콕으로 갈수록 내려앉았지만
그래도 국제적으로 놀았다고 할 수 있는데 그러는 사이
학위라고 할까 감투라고 할까 하는 것도 몇 개 얻었다.

처음 얻은 것은 '화백' 즉, 화려한 백수
그 다음 얻은 것은 '마포불백'
마포에서 불고기백반 장사하는 게 아니라,

'마누라도 포기한 불쌍한 백수' 라는 뜻이다.

그 다음에 얻는 것이 '장노(로)'
교회에 열심히 나가지도 않았는데 웬 장노냐고?
'장기간 노는 사람' 이라는 뜻이다.

장노로 얼마간 지내다 보면 '목사' 라는 칭호를 얻게 된다.
장노는 그렇다치고 목사라니...
'목적없이 사는 사람' 이 목사라네... 아멘

29

부부가 밤에 보는 해

♥ 신혼부부가 밤에 보는 해

신랑 : 행복해?

신부 : 만족해!

★ 10년 지난 부부가 밤에 보는 해

남편 : 그만 해?

아내 : 더 해...

♥ 중년이 된 부부가 밤에 보는 해

아내 : 안 해?

남편 : 못 해...

★ 노년에 접어든 부부가 밤에 보는 해

남편 : 어떻게 해?

아내 : 알아서 해...

♥ 할아버지 할머니가 밤에 보는 해

할아버지 : 해 볼까?

할 머 니 : 되지도 않는데 뭘 해?

궁금증 아가씨

진짜 궁금증 많은 아가씨가 있었다.
궁금한 것은 따라가서라도 물어보는 성격인데
어느날 친구랑 길을 걷다가
궁금증 많은 아가씨가 갑자기 경찰을 따라갔다.
그러더니 그 아가씨가 경찰에게 질문을 했다.
"아저씨 뭐좀 물어봐도 되요?"
사명감에 불타는 우리의 경찰 아저씨가 힘찬 목소리로 대답했다.
"예, 얼마든지 물어보십시오."
궁금증 많은 아가씨가 경찰복 가슴 언저리의
새 모양의 뱃지를 가리키며 물었다.
"아저씨 이 새가 짭새에요?"

31

공통점

[신혼부부와 입시생의 공통점]
휴식이 필요하다.
머리와 손을 많이 사용한다.
몸을 혹사해서 허약해지기 쉽다.
달력에 특이한 날을 자주 표시한다.
한 가지 일에만 집중하게 돼 단순해진다.
하기 싫다고 게을리 했다가는 욕을 먹는다.
매일 밤늦게까지 깨어 있고 가끔 코피도 터진다.
혼자 할 때보다 둘이 할 때 능률이 오르고 잘 된다.

[신혼부부와 초보운전자의 공통점]
보기만 하면 올라타려고 한다.
아무리 오래 해도 싫증이 안 난다.
기술은 서툴러도 힘으로 밀어붙인다.
남들이 그 시절이 좋은 때라고 말한다.

[여자와 책의 공통점]
겉표지(얼굴)가 선택을 좌우한다.
그러나 정작 중요한 것은 내용이다.
내용이 별로 없는 것들은 겉포장(화장)에 무진장 신경 쓴다.
아무리 이해하려고 해도 알 수 없는 구석이 있다.

세월이 지나면 색이 바랜다.
파는 것과 팔지 않는 것이 있다.
가끔 잠자기 전에 펼쳐 본다.
자기 수준에 맞는 것이 좋다.
한번 빠지면 무아지경에 이른다.
남에게 빌려주지 않는 것이 좋다.

[거지와 교수의 공통점]
출퇴근이 일정하지 않다.
뭔가를 들고 다닌다.(깡통과 가방)
되기는 어렵지만 일단 되고 나면 쉽다.
작년에 한 말 또 한다.

32 노인정에서

어느 노인정에서
지기 싫어하는 네 명의 할멈들이
자식 자랑으로 수다를 떨고 있었지유.
첫번째 할매 왈,
"울 아들은 교회 목사라, 남들은 울 아들더러
오~ 고귀한 분!, 그런다우... 히히~~"
이어서, 두번째 할매 왈,
"그려~ 울 아들은 추기경인디, 남들은 울 아들더러
오~ 거룩한 분!, 그런디야... 히히히~~~"
그러자, 세번째 할매는,
"워매~~ 울 아들은 교황이지라, 남들은 내 새끼더러
워매, 워매~~ 고결한 양반! 그런당께롱..."
이젠 그 이상 더 높은 사람은 없지라? 푸히히히..."
그런데, 마지막 우리 할매는,
"그런데 이걸 우짜노... 울 아들은 숏다리에 곰보, 거기다 뚱본디..."
그래두 남들은 울 아들을 보면 한결같이 이러는기라..."
"Oh! My God!"

티코와 아줌마

아줌마가 티코를 타고 가다가
고속도로에서 벤츠와 부딪쳤다.
벤츠는 살짝 긁히기만 했는데
티코는 형편없이 찌그러졌다.
티코 아줌마가 화가 나서 소리쳤다.
"당신이 잘못한 거니까 당장 내 차값 물어내!"
벤츠 아저씨가 대수롭지 않다는 듯이
찌그러진 티코를 보면서 말했다.
"아줌마! 뒤에 있는 배기통에 입을 대고 후~ 하고 불어봐!"
"그러면 찌그러진 게 쫘~악 펴질 테니까."
그렇게 말하고는 벤츠를 타고 가버렸다.
"뭐 저런 나쁜 녀석이 다 있어!"
열 받은 티코 아줌마는 그래도 별다른 방법이 없기에
그놈 말대로 배기통에 입을 대고 후~ 후~ 불어 봤다.
그러나 찌그러진 티코는 펴지질 않았다.
몇 번이고 젖 먹던 힘을 다해 불었지만 소용없었다.
그때 뒤에서 달려오던 다른 티코가 옆으로 쌩~ 지나가면서
그 운전자가 소리쳤다.
"아줌마! 창문 열렸어요. 창문 닫고 불어야 되요!..."

34

조폭의 영어 실력

두목 : 아그들아~ 이번 사업상 홍콩에서 중요한 손님이 오시기루 했는디... 영어가 쪼까 되는 아그들 없냐?

일동 : 조--------용

두목 : 칼치! 너 영어좀 하냐?

칼치 : 형님! 죄송합니다. 저는 국민학교 밖에 나오지 않아서...

두목 : 가물치! 너는?

가물치 : 형님! 저는 중학교때 사고 쳐서 짤렸는데유...

두목 : 어휴... 저런 생선대가리들하고는... 쯧쯧~~ 고등학교 구경이라도 했던 아그들 없냐?

고등어 : 형님! 여기 있지라잉...

두목 : 엉? 고등어! 니가 고등학교까지 수료했냐?

고등어 : 어따~ 형님! 고등학교까지 나왔으니 별명이 고등어 아니오? 우리 식구중 제가 제일 인테리어(인텔리)유~~

두목 : 오호~ 짜슥~ 허풍떨기는...

고등어 : 그런 말하면 제가 쪼까 섭~하지라~~ 의심나시면 뭐든지 물어보소!

두목 : 좋다~ 내가 제일 좋아하는 간식이 뭔 줄 아냐?

고등어 : 형님이 제일 좋아하는 간식은 누룽지 아니요?

두목 : 그래! 맞다~ 그러면 누룽지를 영어로 뭐라고 하냐?

고등어 : 오~메 찡한 거~ 처음부터 그렇게 쉬운 영어를 내면 섭하지라...

두목 : 짜슥이~ 잔말 말고 대답해 보그라!

고등어 : 누룽지는 영어로 하면 'Bobby Brown' (밥이 브라운) 아닙니까? 밥이 눌어서 갈색이 되니까... 푸핫핫핫~~

일동 : 우와~~~ 짜슥이 죽이네!

두목 : 그러면 PR이라는 것은 뭘 뜻하는지 아냐?

고등어 : 형님! 저를 뭘로 보시고... PR이라는 것은 피할 것은 피하고, 알릴 것은 알리자. 이런 뜻이지라우...

두목 : 우와~~ 이런 유식한 넘이 내 부하라니 난 복이 많은 겨...

두목 : 그럼, 헤드라인(headline)이 뭔 말이여?

고등어 : 워~메 쉬운 거... 헤드는 머리구, 라인은 선잉께... 헤드라인은 '가르마' 아닙니껴~~~

두목 : 아그들아! 뭐하냐~~ 기립박수!

일동 : 우와와~~ 죽이뿌요~ 형님! 짝짝~짝~~

두목 : 그럼, 두 가지만 더 묻겠다. 손가락을 영어로 뭐라고 하냐?

고등어 : 핑거~~

두목 : 그러면, 주먹은?

고등어 : 오므린거~~

두목 : 오!!~ 사랑할 수밖에 없는 놈. 이리 가까이~ 사랑해~ 와락~~

일동 : 저런 유식한 놈이 판검사 안하구 왜 여기 있는거야~~ㅎㅎㅎ

35

버스 기사님

버스가 전용차선으로 달리고 있었는데 느닷없이 승용차 한 대가 버스 앞으로 끼어들어와 달리는 것이었다. 그러자 버스기사 아저씨가 열 받아서 빵빵대고 상향등을 켜대면서 승용차를 위협했다.

그러자 승용차를 몰고 가던 아저씨도 열 받아서 차를 세우고는 버스를 향해 왔다. 그리고 문을 쾅쾅 치며, "문열어 이 개쉬키야! 왜 빵빵대고 지랄이야!"
그러자 버스기사 아저씨는, "누가 버스전용차선으로 막 달리래 이 쉽새리야!"

이런 식으로 실랑이를 벌이다가 승용차를 몰던 아저씨가 계속 문을 쳐대며,
"빨리 문 안 열어!" 라고 하자, 버스 아저씨가 문을 열었다.

문이 열리자 그 아저씨는 들어오고 계속 욕이 섞인 실랑이를 하던 중에 열이 받을 대로 받은 버스기사 아저씨는 그냥 문을 확~ 닫아버리고 승용차 아저씨를 태운 채로 질주하는 것이었다.
갑자기 놀란 승용차 아저씨. 그러나 곧 또다시 실랑이가 시작되었다.

"뭐 하는 거야? 빨리 안 세워! 빨리 내려 줘! 이 개쉬키야!"

버스기사 아저씨는 계속 껌을 씹으면서 그대로 질주하고
승용차 아저씨는 계속 내려 달라고 발광을 했다.
"빨리 세워! 안 세워? 버스 세우고 내려! 빨리 세워! 안 내려 줘!"
그러자, 버스기사 아저씨가 한마디 했다.
"내리려면 벨 눌러 짜샤~ㅎㅎㅎ"

36

보청기

재산을 100억대 모으신 분이 세월이 흘러 어느덧 70대 노인으로...
몸, 요기저기 고장 나고, 그 중에서도
청각 장애가 너무 심하여 귀가 잘 들리지 않았다.
그래서 노인은 고명하다는 의사를 찾았다.
의사는 귀 속을 진찰하고 나서
귀 속에 쏙~들어가는 최신형 보청기를 주며
임시로 사용해 보시고, 한 달 후 결과를 체크하러 오시라고 했다.
한 달 후, 노인이 의사를 찾아왔다.
"어떠세요?"
"아주 잘~ 들립니다!"
"축하합니다! 가족들도 좋아하시죠?"
"우리 자식들에게 이야기 안 했어요!"
"여기저기 왔다 갔다 하면서 자식들 대화내용을 듣고 있어요!"
"그리고, 그 동안 유언장을 세 번 고쳤다오!"

미소 훈련 방법

사람은 자신 있고 여유가 있을 때 웃을 수 있다.
공격 당할까봐 방어적이 되거나 소심해지면 표정도 굳는다.
꾹 다문 입과 굳은 얼굴로는 자신의 의욕과 능력을 전달할 수 없다.
의욕과 능력을 전달하기 위해서는 표정부터 바꾸어야 한다.
여유롭게 얼굴 표정을 바꿀 수 있는 사람은
상대방의 사고와 감정도 리드할 수 있다.
따뜻하고 포용력 있는 표정과 미소는 첫인상에 도움을 준다.
자연스런 미소를 몸에 익히는 훈련을 해 보자.

미소 훈련 방법 – 체스(CHES) 법칙

[Chin]

턱은 약간만 들어도 차갑게 보일 뿐 아니라,
권위적인 느낌을 준다.
너무 내리면 늘 눈치를 보는 소심한 이미지를 주기 쉽다.

[Head]

머리를 한 쪽으로 기울이면
의심하거나 무성의해 보일 뿐 아니라,
시선이 곁눈질이 될 수 있으니 주의한다.

[Eye]

눈은 눈동자만 돌리지 말고 고개 전체를 돌려서
상대방을 정면으로 쳐다본다.
훨씬 부드러운 인상이 전달된다.

[Smile]

항상 웃고 다니면 실없어 보이거나, 가벼워 보일까봐
웃지 못하는 사람이 많다.
그러나 이제는 '부드러움이 자신감'으로 해석되는 시대이다.
웃음을 잃지 않는 사람 곁에는 늘 사람들이 많이 모인다.
낯선 사람을 대할 때 미소 짓기 어렵다면 상대의 장점을 찾아보자.
좀 더 따뜻하고 호의적인 표정으로 대할 수 있을 것이다.

마누라의 파워

어느 날 밤길을 가던 한 중년의 남자가 강도를 만났다.
"가진 돈 다 내놔!"
남자는 무서웠지만 용기를 내 강도에게 말했다.
"안됩니다! 우리 마누라가 얼마나 무서운지 아세요?
내가 집 근처에서 돈 뺏겼다고 하면
우리 마누라가 믿을 것 같아요?"
그 말에 어이없어 하던 강도가
다짜고짜 남자의 멱살을 잡고 말했다.
"야, 이 짜샤! 그럼 내가 오늘 한 건도 못했다고 하면
우리 마누라가 믿을 것 같냐?"

당신과 결혼한 이유

결혼한 지 3년이 지난 부부가 미스코리아 선발대회를 보고 있었다.
아내가 남편의 팔짱을 끼고 다정한 목소리로 말했다.
"여보! 자기는 내가 저 10번처럼 섹시해서 결혼했어?
아니면 16번처럼 예뻐서 결혼했어?"
그러자 멍하니 쳐다보던 남편이 대답했다.
"당신의 그런 유머감각 때문에 결혼했지!..."

행복으로 가는 길

- 매일 저녁 그날 일어난 감사한 일 3가지를 적는다.
- 신문에서 감사할 만한 뉴스를 찾아 스크랩한다.
- 평소 감사한 마음을 표현하지 못한 사람을 찾아 감사 편지를 쓴다.
- 자신에게 하루에 한 가지씩 선물을 한다.
- 하루에 한번 거울을 보고 크게 소리 내어 웃는다.
- 남에게 하루에 한번 친절한 행동을 한다.
- 아무도 모르게 좋은 일을 한다.
- 대화하지 않던 이웃(동료)에게 말을 건다.
- 좋은 친구나 배우자와 일주에 한번 한 시간씩 대화를 한다.
- 연락이 끊겼던 친구에게 전화를 해서 만난다.

39

재미있는 사자성어

- 개인지도 : 개가 사람을 가르친다
- 고진감래 : 고생을 진탕 하고 나면 감기몸살이 온다
- 구사일생 : 구차하게 사는 한평생
- 군계일학 : 군대에서는 계급이 일단 학력보다 우선이다
- 남존여비 : 남자가 존재하는 한 여자는 비참하다
- 동문서답 : 동쪽 문을 닫으면 서쪽이 답답하다
- 동방불패 : 동사무소 방위는 불쌍해서 패지도 않는다
- 만사형통 : 모든 일은 형을 통해야 이루어진다
- 발본색원 : 발기는 본래 섹스의 근원이다
- 백설공주 : 백방으로 설치고 다니는 공포의 주둥아리
- 보통사람 : 보기만 해서는 통 알 수 없는 사람
- 부전자전 : 아버지가 전씨면 아들도 전씨
- 박학다식 : 박사와 학사는 밥을 많이 먹는다
- 변화무쌍 : 변절한 화냥년은 무조건 쌍년이다
- 사형선고 : 사정과 형편에 따라 선택하고 고른다
- 삼고초려 : 쓰리고를 할 때는 초단을 조심하라
- 새옹지마 : 새처럼 옹졸하게 지랄하지 마라
- 아편전쟁 : 아내와 남편의 부부싸움
- 요조숙녀 : 요강에 조용히 앉아 있는 숙녀
- 원앙부부 : 원한과 앙심이 많은 부부

• 유비무환 : 비 오는 날에는 환자가 없다
• 이심전심 : 이씨가 심심하면 전씨도 심심하다
• 일석이조 : 석씨 한 사람과 조씨 두 사람
• 임전무퇴 : 임산부 앞에서는 침을 뱉지 않는다
• 전라남도 : 옷을 홀딱 벗은 남자의 그림
• 절세미녀 : 절에 세들어 사는 미친 여자
• 조족지혈 : 조기축구 나가 족구하구 지랄하다 피본다
• 좌불안석 : 좌우지간에 불고기는 안심을 석쇠에 구워야 제맛
• 주차금지 : 술과 커피를 마시지 마시오
• 죽마고우 : 죽치고 마주앉아 고스톱 치는 친구
• 천고마비 : 천번 고약한 짓을 하면 손발이 마비된다
• 천재지변 : 천번 봐도 재수없고 지금 봐도 변함이 없는 사람
• 침소봉대 : 잠자리에서는 봉(?)이 대접을 받는다
• 편집위원 : 편식과 집착은 위암의 원인이 된다
• 포복절도 : 도둑질을 잘하려면 포복을 잘해야 한다
• 풍전등화 : 풍선 들고 전철 타면 등에 화상을 입는다
• 희노애락 : 희희낙낙 노닐다가 애 떨어질까 무섭다

40

화장실 사자성어

- 까내리고 앉아 힘쓰기도 전에 와장창 쏟아낼 때? 〈전의상실〉
- 한참 용만 쓰다가 손톱만한 거 달랑 나오면? 〈지리멸렬〉
- 분명히 떨궜는데 나중에 사라졌을 때? 〈오리무중〉
- 티슈나 신문지를 쓰더라도 컬러면만 이용하는 것? 〈허례허식〉
- 거창하게 시작했지만 끝이 영 찜찜할 때? 〈용두사미〉
- 옆 칸에 앉은 사람도 변비로 고생하는 소리 들릴 때? 〈동병상련〉
- 화장실 갈 때 습관적으로 여자 칸을 기웃거리는 건? 〈영웅본색〉
- 어정쩡한 자세로 쭈그리고 앉은 모습? 〈어쭈구리〉
- 손에 들고 있던 화장지를 통에 빠뜨렸을 때 〈오호통재〉
- 좌우 칸에 있는 사람에게 휴지 빌리려고 두드릴 때? 〈우왕좌왕〉
- 그 와중에 우표 딱지만큼이라도 화장지를 얻으면 〈감지덕지〉
- 화장지를 구할 수 없고 믿을 거라곤 손가락뿐일 때 〈입장난처〉
- 손가락 한 개만 썼다가 다섯 손가락 모두 묻을 때 〈일타오피〉
- 문고리는 고장났고, 잡고 있자니 너무 멀고? 〈진퇴양난〉
- 방귀소리만 요란하고 나온 것은 보잘 것 없을 때? 〈과대포장〉
- 볼일 본 후 1시간 뒤에 지갑 두고 나온 걸 알았을 때 〈오마이갓〉
- 늦은 밤 외딴 화장실에서 젊은 남녀 한 쌍이 나올 때 〈불문가지〉

- 신사용이 없어 숙녀용에서 몰래 일을 본 후 빠져나올 때? 〈스릴만점〉
- 어진 사람의 그것은 산처럼 높게 쌓인다. 〈인자요산〉
- 현명한 사람의 그것은 물처럼 좍 흘러요. 〈지자요수〉
- 뿌지직 소리가 크게 터지는 사이에 휴대폰이 울릴 때 〈황당무계〉
- 먼저 나간 놈이 물 안 내리고 내뺐을 때 〈책임전가〉, 〈삽십육계〉
- 그거 피해 망설이다 그곳마저 딴 놈한테 빼앗겼을 때 〈사람환장〉
- 그놈 나오다가 그게 내 건 줄 알고 째려볼 때 〈억하심정〉
- 누군가 잡지책을 놓고 갔다. 이렇게 고마울 때가! 〈운수대통〉
- 작은 것보다 큰 게 항상 먼저 나온다. 〈장유유서〉
- 비싼 고기 소화도 안 된 채 그냥 나와서 아까울 때 〈낙장불입〉
- 더 나올 게 없을 때까지 힘닿는 대로 짜내고 짜낸다. 〈다짜고짜〉
- 옆 칸 사람이 흘린 동전이 내 칸으로 굴러왔다. 〈넝쿨호박〉
- 그거 주우려고 허리 숙이다가 담뱃갑이 통째 빠졌다. 〈소탐대실〉
- 흘러들어온 동전이 10원 짜리 동전이었을 때 〈수수방관〉
- 동전 흘린 그놈 밖에서 기다리다 아까 그 동전 달란다. 〈치사빤쓰〉

41

재미있는 건배사

[분위기 띄울 때]

- 오바마 : 오빠 바라보지만 말고 마음대로 해
- 단무지 : 단순 무식하게 지금을 즐기자
- 니나노 : 니랑 나랑 노래하고 춤추자
- 거시기 : 거절하지 말고 시키는 대로 기쁘게
- 개나발 : 개인과 나라의 발전을 위하여
- 얼씨구 : 얼싸안고 씨뿌리자 구석구석
- 지화자 : 지금부터 화끈한 자리를 위하여
- 원더걸스 : 원하는 만큼 더도 말고 걸러서 스스로 마시자
- 꿈은 높게! 사랑은 깊게! 술잔은 평등하게!
  (건배 제의자의 구호와 동작을 따라하도록)

[성공 · 행복 기원]

- 오이지 : 오늘처럼 이렇게 행복하게 지내자
- 나가자 : 나라와 가정과 자신을 위하여
- 성행위 : 성공과 행복을 위하여(위기극복을 위하여)
- 진달래 : 진하고 달콤한 내일을 위하여
- 마당발 : 마주앉은 당신의 발전을 위하여
- 삼고초려 : '쓰리고를 할 때는 초단을 조심하라!' 는 뜻
- 소나무 : 소중한 나눔의 무한 행복을 위하여
- 대나무 : 대화를 나누며 무한 성공을 위하여

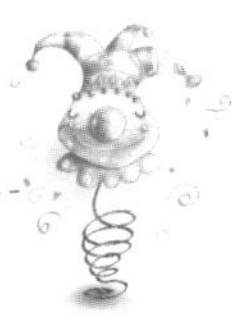

- 아우성 : 아름다운 우리들의 성공을 위하여
- 통통통 : 항상 의사소통, 운수대통, 만사형통을 기원
- 오행시 : 오늘도 행복한 시간되세요
- 일취월장, 승승장구 : 일취월장!(선)~ 승승장구(후)!
- 최고다 : 최상의 서비스와 고객감동으로 정성을 다하겠습니다

[사랑 · 우정 기원(남녀/부부모임)]

- 당신멋져 : 당당하게, 신나게, 멋지게, 져주면서 살자(당신!~ 멋져!)
- 여보당신 : 여유롭게, 보람차게, 당당하고, 신나게 놀자(여보!~ 당신!)
- 해당화 : 해가 갈수록 당당하고 화려하게
  (해가 갈수록 당신만 보면 화가나!)
- 변사또 : 변치말고 사랑하자 또 사랑하자
- 사우나 : 사랑과 우정을 나누자
- 오징어 : 오래도록 징그럽게 어울리자
- 당나귀 : 당신과 나의 귀한 만남을 위하여
- 사이다 : 사랑합니다. 이 생명 다 바쳐 사랑합니다
- 이기자 : 이런 기회 자주 갖자
- 무시로 : 무조건 시방부터 로맨틱한 사랑을 위하여
- 너나행 : 너와 나의 행복을 위하여
- 우행시 : 우리들의 행복한 시간을 위하여
- 참이슬 : 참사랑은 넓게, 이상은 높게, 슬(술)잔은 평등하게

- 우생순 : 우리 생애 최고의 순간을 위하여
- 기쁨은 더하고(+), 슬픔은 빼고(−), 희망은 곱하고(×), 사랑은 나누고(÷)
- 아리랑 : 아름다운 이 순간 서로 사랑합시다
- 앗싸~ : 아낌없이 사랑하자(선), 앗싸~!(후)
- 남존여비 : 남자의 존재 이유는 여자의 비위를 맞추는 것
- 우아미 : 우아하고 아름다운 미래를 위하여
- 우거지 : 우아하고 거룩하고 지성있게

[직원회식]

- 개나리 : 계급장 떼고 나이는 잊고 릴렉스하게
- 주전자 : 주인답게 전문성을 갖추고 자신감을 가지고 살자
- 뚝배기 : 뚝심있게 배짱있게 기운차게
- 오바마 : 오랫동안 바라보며 마시자
- 남행열차 : 남다른 행동과 열정으로 차세대 리더가 되자
- 어머나 : 어디든 머문 곳에는 나만의 발자취를(추억을) 남기자
- 소녀시대 : 소중한 여러분 시방 잔 대봅시다
- (앗싸)가오리 : 가슴속에 오래 기억되는 리더가 되자
- 위하여 : 위기를 기회로! 하면 된다! 여러분 힘내십시오!
- 마스터 : 마음껏 스스럼없이 터놓고 마시자
- 마무리 : 마음먹은 대로 무슨 일이든 이루자
- 오바마 : 오늘은 바래다 줄께 마시자

- 새신발 : 새롭게 신바람나게 발로 뛰자
- 사화만사성 : 회사가 잘 되어야 모든 일이 잘 풀린다
- 술잔은(선)~ 비우고(후), 마음은(선)~ 채우고(후), 전통은(선)~ 세우자(후)
- 함께 가면(선), 멀리 간다(후)
- 스트레스여(선)~ 가라(후), 행복이여(선)~ 오라(후)
- 선배는(선)~ 끌어주고(후), 후배는(선)~ 밀어주고(후), 스트레스는(선)~ 날리고(후)

[송별(년) 모임]

- 변사또 : 변치말고, 사랑하자! 또 만나자
- 고감사 : 고생하셨습니다. 감사합니다. 사랑합니다
- 고사리 : 고맙습니다. 사랑합니다. 이해합니다
- 무화과 : 무척이나 화려했던 과거를 위하여
- 껄껄껄 : 좀 더 사랑할껄. 좀 더 즐길껄. 좀 더 베풀껄

엮음 강진영

현재, 한국경제아카데미 펀리더십센터 소장으로, YES행복연구소를 운영하고 있다. 웃음의 매력에 푹 빠져 금융기관이라는 안정된 직장을 던져 버리고 웃음 전도사로서 다양한 활동을 펼치고 있다. '웃음치료과정', '웃음코치과정', '행복 다이어트 캠프' 등의 교육 과정을 운영하고 있고, 기업 및 각종 단체에 웃음과 관련된 강의를 하고 있으며 언론매체에 유머칼럼을 기고하고 있다. 저서로 〈웃음의 성공학〉, 〈변화와 소통의 성공학〉, 〈트위터 유머〉 등이 있다.

카페 : http://cafe.daum.net/funperformance(다음카페 → yes행복연구소)

메일 : warm2222@hanmail.net

그림 서재형

서울예술대학 시각디자인과를 졸업하고 다양한 분야의 삽화를 작업하고 있으며,
현재 출판기획 에디아에서 일러스트팀 팀장을 담당하고 있다.

발행일 2010년 12월 1일 초판 1쇄 발행
엮은이 강 진 영
발행인 최 사 훈
발행처 한국표준협회미디어
출판등록 2004년 12월 23일(제2009-26호)
주소 서울 금천구 가산디지털1길 92
에이스하이엔드타워3차 1107호
전화 (02)2624-0368
팩시밀리 (02)2624-0369
이메일 book@ksamedia.co.kr

ISBN 978-89-92264-29-7 03800

정가 2,500원